순창시장 참기름 집

순창시장 참기름 집

초판 1쇄 발행 | 2024년 7월 5일

지은이 | 오진엽
펴낸이 | 황규관

펴낸곳 | (주)삶창
출판등록 | 2010년 11월 30일 제2010-000168호
주소 | 04149 서울시 마포구 대흥로 84-6, 302호
전화 | 02-848-3097
팩스 | 02-848-3094

ⓒ오진엽, 2024
ISBN 978-89-6655-180-4 03810

순창시장 참기름 집

오
진
엽

시
집

삶창

시인의 말

　새벽부터 밤늦게까지 손이 갈퀴가 되도록 논밭에서 뒹굴어도 가난의 굴레를 벗어나지 못했던 무능한 아버지.

　그런 아버지 때문에 육성회비 제때 한번 내지 못한 저는 아버지를 참 많이 원망했습니다. 밀린 육성회비 고지서 들고 어깃장부리면 차라리 늬 에미를 내다 팔라는 공갈에 맞서 어머니라도 내다 팔고 싶었던 궁색한 등굣길.

　돈 안 되는 농사를 일찌감치 그만두고 공장에 다니던 아버지를 둔 덕에 육성회비 밀리지 않던 또래 친구들이 부러웠습니다. 그런데 평생 흙만 파먹고 사실 줄만 알던 아버지도 어느 날 결국 벽돌공장 잡부로 나섰습니다.

　그러나 당장 육성회비 걱정 없을 생각에 탱탱볼처럼 통통 튀던 제 마음은 오래가지 않았습니다. 일이 서툴러 혹여 일감이 떨어질세라 벽돌공장 사장에게 전화기 들고 조아리던 아버지를 보고야 말았습니다.

　그 모습이 낯설었습니다. 제가 아는 아버지는 절대 남 밑에 들어가서 일할 성정을 지니신 분이 아니었습니다. 없이 살아도 남 앞에 평생 굽실거리지 않았던 아버지였습니다. 그러던 아버지가 결국은 고개 수그리며 기꺼이 자신을 낮춘 건 순전히 집안 형편 아랑곳없이 덜컥 대학에 붙어버린 형과 철부지인 제 탓인 것만 같아 우울했습니다.

이제 저도 그때 아버지 나이가 되어보니 적당히 타협하면서 비굴해질 때가 참 많습니다. 그저 정해진 주로를 벗어나지 않으려 안간힘을 쓰며 채찍에 순응하는 경주마처럼 살아갑니다. 식구들 볼모로 잡힌 핑계로 부당함을 보고도 힘껏 뒷발질 한번 못하고 눈치껏 살아가면서 그때 그 아버지 마음을 미루어 짐작합니다.

시골집 안방 벽에 옷걸이 대용으로 쾅! 박힌 못은 아버지와 참 많이 닮았습니다. 정수리 불뚱 튈 때마다 훌쩍 튕겨나가고픈 맘 꾹꾹 박아 넣었을 아버지.

평생 덜미를 붙잡힌 채 굿은 못질 쩡쩡 견뎌왔을 아버지.

그 아버지가 이제는 허리를 못 쓰고 시골집 아랫목에 꾸부정 박혀 있습니다.

녹슬고 구부러진 못

그 한 몸에 온 식구가 무거운 겨울 외투처럼 매달려 살았음을.

아버지를 뵙고 오는 길 가슴에 대못 하나 아프게 박혔습니다.

차례

1부

바지랑대

어깨를 짓누르는 빨랫줄
뒤꿈치 땅에 박고 견디면서
때로는 싸낙배기 바람에
다 내팽개치고
털썩 주저앉고픈 마음
왜 없었을까

장딴지 툭툭 불가지게 버티다
비틀비틀거려도
절대 넘어질 수 없었던 견딤이
이제야 끝났다

아버지가 쓰러졌다

기적

벽돌공장 일용직 아버지
공치는 날 없이
하루도 빠지지 않고
네모반듯하게
일당 만 원을 찍어내야
한 달에 30만 원

서울에서 대학 다니는
형 앞으로 달마다
40만 원씩 부치고도
우리는 살아남았다

팔순 아버지가 암이다

안부

아파트 화단 감나무
호롱불처럼 사위어 가는
홍시 하나
밤새 무탈했을까
아침마다 창을 열고 내다본다

간당간당
생을 붙들고 있는
늙은 홍시가 안녕해서
마음 놓이는 아침

아버지에게
전화를 드려야겠다

집게

이 악물고
바람과 맞서 싸우던
무용담 어디 가고
마당 빨랫줄
조롱조롱
야성 잃은 풍치

앙 깨물어도 이빨 자국 낼 수 없는

아버지

거짓말

생신날 아침
홀쭉하니 어디 아프시나
걱정하는 아들딸들에게
밭은기침 팔순 아버지 하는 말

살찌면 인물 도망강께
억실로 뺀 거다
나는 암시롱 안타

목줄

묶여 있는 줄 안에
밥그릇이 있고
꼬물꼬물 젖을 찾는
새끼들이 있기 때문일까
바투 매어놓은 줄 풀어줘도
벗어날 생각 없는 고향집 누렁이

아들 딸 손자들 다 자랐어도
여든을 넘긴 아버지
밭두렁에 매여 있다

1973년 팔복동

홀로된 아버지
다섯 살 철부지 데리고
공단 언저리에 둥지 틀었다

봇짐 싼 엄마 쪽지처럼
팔랑거리는 잔업 지시서
혼자 있는 아이 생각에
꼬깃꼬깃 구겨졌을 아버지 마음

아버지가 차려놓고 간
식은 밥덩이 꺽꺽 목메고
머얼리 공장 굴뚝
뭉게뭉게 주먹질 바라보다
잠이 들었는데

끄응
어둠이 돌아누울 때까지도
아버지는
공장에서 풀려나지 못했다

우리 성아

긍께 서울에서 대핵교 댕기던 성이 방학을 쉬러 왔
을 때였다 지지리도 공부를 못항께 농사라도 갈쳐야
사람 구실 할 거라는 아버지 따라 논으로 밭으로 땅강
아지처럼 흙을 파댕기니라 곯아떨어지기 일쑤였는디
그날은 내 잠귀가 밝았다 저 잣것을 이참에 고등핵교
때려치우게 할까 한다는 아버지 말에 쫑긋허니 잠을
떨켰다 하! 그래도 개천에서 용 난 우리 성아가 똥통핵
교라도 고등핵교 졸업장은 있어야 사람 대접 받고 살
거라며 아버지를 꾸워 삶는 게 아닌가 덕분에 나는 이
날 이땟껏 한 번도 써먹지 못한 고등핵교 졸업장을 포
도시 땄다

그러면 나도 인자 학교 안 다닐라요 엥간하면 아버
지 말씀에 토를 달지 않던 성아가 어쩐 일로 대학까지
걸면서 간곡했던가 나중에 헤어진 친엄마를 만나기라
도 하면 하나밖에 없는 동상을 건사하지 못했다고 꾸
중이 무서웠을까 그러고 봉께 성아는 그날 밤 나보다
더 애간장이 타 들어갔던 모앵이다

네 살 때 헤어진 엄마를 30년 만에 만났지만 오래지 않아 엄마의 부음을 들었다 엄마의 기억이 나보다 많은 그래서 더 아팠을 우리 성은 열 살 때 헤어진 엄마를 결국 만나지 못했다 나는 엄마의 부음을 성에게 차마 알리지 못했다

품

　담요까지 두른 라면 상자는 우리 집 아랫목 차지였
다 알전구 호박 불빛 아래 노오란 병아리들 삐약삐약
옹알이 알전구가 내리쬐는 따사로움은 병아리들에게
어미 품이었다 나도 그 품 안에서 병아리가 되어 종종
대는 상상을 했었다

　어미가 새끼를 놓은 개집을 들여다보는 걸 좋아했
다 찰흙처럼 꼬물꼬물한 강아지들이 어미 품을 파고
드는 사랑의 훈김 가득한 그곳 나도 한 마리 강아지가
되어 어미 품을 파고들고 싶었다

　학교 가는 길가에 새끼 염소들을 거느리고 매여 있
던 어미 염소도 그냥 지나치지 못했다 짓궂게 돌멩이
라도 던지면 순둥순둥한 어미가 눈을 치켜뜨고 뿔을
세웠다 어미가 품에 끼고도는 새끼 염소들 처지가 나
보다 낫다는 생각이 들었다

　품이 사무치는 날이면 밤마다 이불에 지도를 그렸

다 꿈에서 엄마 찾아 삼만리를 헤매느라 혼곤했다 이제는 삼만리가 아니라 삼십만 리 다 뒤져도 찾을 품이 사라지고 없는 지금 무시로 배꼽이 허전할 때면 부시도록 하늘을 올려다보며 말한다

　저 여기 잘 있어요

인력시장에서

마음먹고 던진 공

힘에 부쳐

한참 벗어나기 일쑤였고

식구들 앞에서 안타보다

가슴 쩌릿한 땅볼이 수두룩했다

실밥 터진 야구공처럼

떼굴떼굴

구르고 굴러야만 간신히 1루 밟고

하루를 살아 낼 수 있는데

오늘도 우천 취소

까치

종종걸음 새벽 출근길
동장군 칼춤에
뎅강, 베일라
모가지 움츠러드는데

내집마련 청약 부금
나뭇가지 물고
겅중겅중 걸어가는
저 씩씩한 발걸음

검정 저고리만 걸치고
양말도 신지 않은 맨발이다

상갓집에서

늦은 밤
혼자 구석자리 앉아
육개장에 코 박고
아귀아귀 쑤셔 넣는 숟가락질
슬픔은
배고픔 이기지 못한다

콕콕 옆구리 찌르는
새벽 출근 핑계 대며
이승에서 버텨보겠다고
서둘러 구두를 신는다

역곡역

막차가 끊긴 밤
맞이방 바깥 바닥에
종이 상자 펼치는 노숙인
어디선가 받아 온 물 한 대접으로
고양이 세수하고
발고락 사이사이 살뜰하게
물을 찍어 발라 닦는다
남은 물로 양말까지 빨아 머리맡 널고
몸을 뉘는 저 끝맺음

기다리고 있던 맞이방 불빛
그제야 눈을 감는다

아침 퇴근길

빨랫줄 바지랑대
늘어지게 드러누워
몸을 말리고 있는 빨래들

밤샘으로 눅눅한 내 몸뚱이도
어서 빨리 집으로 데리고 가
아랫목에 가로로 눕혀놓고
뽀송뽀송 말리고 싶다

야구장에 가면

번트만 대야 하는 8번 타자와
실투 하나로 보따리 싸야 하는
늙은 패전 처리 투수가 있다

승패가 기울어진 시합에도
빗맞은 땅볼 치고 죽을 둥 살 둥
머리부터 들어가는 슬라이딩
흙투성이 만년 후보 선수가 있다

세상과 맞설 빠른 직구가 없어
밋밋한 변화구로 버티다
술에 취해 슬라이더처럼
집으로 미끄러져 들어오던 아버지

야구장 구석진 곳마다
9회말 투아웃까지 버텨 온
그들이 있다

빨래집게의 꿈

나른한 봄날

나도

기지개 켜고

마음껏 하품하고 싶다

2
부

환생

다시 태어나면
당신의 저울이고 싶다
아침마다 나를 딛고 올라서면
간절한 눈빛 외면하지 않고
그 마음 헤아려주고 싶다
나를 만나기 전 날렵했다던
53kg 눈금에서 꼼짝 않는
착한 저울이 되어
고생보따리 짊어지게 한
내 죄를 덜어내고 싶다

아내에게

고향 집 우물은 깊었다
깊어서 신비롭던
아득한 그곳에
두레박
텅!
공명을 울리며 닿았고
길어 올린 두레박
찰랑대던 환희

내가 당신을 그렇게 만났다

신촌역에서

첫 데이트 날

칠 분 연착

경의선 서울행 기차에서

내린 그녀

풍금을 치듯

횡단보도 건반

통통 튕기며

숨 가쁘게 내 앞에 섰다

가을 하늘

그대라는 창틀에 앉아
올려다본 하늘
깃털구름 소인처럼 찍혀 있습니다
어쩌면 그대가
내게 부친 엽서라 생각하고
새파란 저 하늘
눈이 부시게
읽고
또
읽습니다

내가 빗방울이라면

그대 얼굴 닿을 때마다
환희의 느낌표
탁! 탁!

그대 어깨 위에서
톡, 톡,
쉼표 되어 숨 고르고
툭툭……
말줄임표로 서성이다

그대 가슴으로
후두 둑~
흘림체로 흘러내리겠다

추잉껌

나는 너에게 스피아민트처럼
화한 사람이고 싶었다
사랑은 오래 참는 것이라고
깨물려도 울지 않았다
너의 이빨 자국마저
사랑의 징표라 생각했다

이제는
너의 자국이 아프다
나를 뱉어라

매미

밍밍밍 미이잉
방충망에 달라붙은
저 녀석 눈치 보여
아내와 손만 잡고
말똥말똥

내 집 찾아온 손님이라
내치지 못하는
끈적끈적한 여름밤

보름달

밤하늘 저 풍선은
소원 성취 분양을 알리는
애드벌룬

청약 부금처럼
나는 달마다
너를 위해 소원을 붓는다

한 여름밤의 소나타

잠 못 이루는 아이에게
아내가 자장노래 불러준다

두껍아
두껍아
헌 집 줄게 새집 다오

셋방살이 우리가
두꺼비 줄 헌 집 어디 있다고

밥

—언제 집 오는 겨?

안 알켜 줌

—머시라, 밥 안 준다

알았어 일곱 시까지 갈게

정리해고 소문 돌면서
밥그릇 아슬한 때에
아내도 밥으로 내 고삐를 당긴다

아무것도 모르는 아내와
딸린 아이들 생각에
멀국을 떠먹어도 목이 멘다

싸움의 고수

한바탕 싸움 끝에
우리는 각방만 쓰는 게 아니라
며칠째 말도 섞지 않았다

먼저 말 걸면 지는 양
서로가 성문처럼 굳게 빗장 걸고
쉽게 끝나지 않을 싸움인데

끼니때 되면 어쩌자고
저 사람은 찌개를 안치고
밥을 차려 내놓는가

결국 염치없이 밥을 먹고
고무장갑 끼고 설거지통 앞에 섰으니
아내는 손에 피 한 방울 안 묻히고
물 베는 칼로 나를 제압했다

나를 데리고 사는 여자

글자나 부리며 놀 줄은 알아도
두꺼비집 열어 볼 줄 모르는 남자랑 살면
깜박깜박 약 올리는 형광등을
알아서 갈아 끼울 줄 알아야 한다

비가 내려 천장에 빗물 뚝뚝 떨어져도
아무렇지 않게 대야를 받쳐놓고
시가 고이길 기다리는 남자랑 살면
뻥 뚫린 가슴은 혼자 때울 줄 알아야 한다

공과금 얼마나 내는지 몰라라 하면서
고지서 뒷면에 시를 끄적이는 남자랑 살면
지로용지에 애통 터지는 화병도 함께
기한 내 납부할 줄 알아야 한다

돈이 안 되는 글만 쓰면서
택시 거스름돈 챙기지 않고
노점에서는 절대로 흥정하지 않는 남자랑 살면

남들보다 계산이 밝아야 한다

내 시 한 줄마다
시답지 않은 남자를 데리고 사는
아내가 있다

엄마가 있는 집

시골에서 올라와 허리 수술 받은 장모님
한 달 넘도록 우리 집 안방에
꼼짝없이 누워계시는데
일을 마치고 집으로 돌아오는
아내 발걸음 반짝반짝 빛난다
학교 끝나자마자 엄마가 기다리는 집으로
논두렁 밭두렁 뜀박질 가로지르던
어린 날로 다시 돌아간
쉰세 살 아내

우리 엄마 지금 뭐하셔?
시공간 가로질러 오는 퇴근길 아내 문자
띵동띵동 경쾌하다

3
부

해돋이

동녘 거푸집에
흘러넘치는 쇳물

빨갛게 달군 둥근 해
수평선 모루에 올려놓고

대장장이
망치질이 시작되었다

동백꽃

봄비 맞은 죄
꽃 모가지
뚝 뚝
핏빛 낭자한 꽃무더기

죽어서
더 붉게 피었다

곡우

어젯밤
하늘에서 순한 소주가 내렸나 봐요

주정 한번 없이
널브러진 꽃잎들

어쩜 저리 곱게 취했을까요

텃밭에서

초록 잉크 콕콕 찍어 쓴
삐뚤삐뚤 여린 시어들
저곳은 또 다른 원고지
빈칸마다 돋아나는 파릇한 시 한 줄
고랑이 행이라면 이랑은 연이겠다

되돌아 살피며 다듬고 고치고
호미로 교정 보는 글밭
퇴고 재촉하는 봄비에
연둣빛 시어들 일어선다

윤중로에서

앙앙대는 봄바람에
동전 주머니 터지듯
와르르
쏟아지는 저 벚꽃들
아까워서 어쩔거나

돼지저금통이라도 가져와서
한 잎
두 잎
저금해놓고

궁할 때
꺼내 쓰고 싶다

부추꽃

텃밭에서 보았다
미처 뜯어먹지 못한 것들
머리에 하얀 면류관

그동안 왜 몰랐을까?
살려 두면 저리 예쁜 꽃
피우고야 마는 것을

초승달

아침부터
새파란 하늘 숫돌 삼아
벼리고 벼렸나보다

쓱— 베일 듯
잘 갈아놓은 낫 하나

개심사

서산 고갯마루 넘어가던 해
산신각 돌계단 걸터앉아
가쁜 숨 몰아쉴 때

나이 많은 절
나이 어린 스님
퉁퉁한 범종 엉덩이
서른세 번 칠 때마다

뎅 뎅 뎅
용마루 미끄럼 타고
절간 마당에 살며시 고이는
저녁 종소리

코스모스

지난 계절

길가에

총총

심어놓은 별들

잘 자라서

알록달록

우거진 뭇별이 되었다

초롱초롱

가을을 환하게 켰다

석류

새침했던 풋가슴
날름날름 가을 햇살에
입술이라도 빼앗긴 걸까
수줍어 빨개진 얼굴
앙다문 입술
실룩샐룩
금방이라도 터질 듯한
저 울음보

홍시

갈바람 중신애비
들랑날랑하더니
연지곤지 찍은
발그레 물든 볼
탱글탱글
곱기도 하여라

꽃가마 태워
시집 보내도 되겠다

양떼구름

저어기 푸른 종이
몽글몽글한 점자들

가을 하늘에
점자도서관 열렸다

내게도
눈이 밝은 지문이 있다면

저곳에서
책 한 권 대출받아 읽고 싶다

고운사에서

모락모락 피어나는
연기도 없이
빨갛게 타들어 가는
늦가을 대웅전 뜨락

애기단풍 가지마다
움켜쥔 불씨를
참아내고 있다

11월

한 정거장 남겨놓은
여수행 밤열차가
순천역에서 몸을 푸는 때

꼭꼭 쥐고 있던 다짐
선반에 부려놓고

두고 온 것들이 아쉬워
뒤돌아보는 거기쯤

서리 내린 날

감잎들
개 밥그릇
가득
고여 있다

감나무 아래
서걱서걱
누렁이 발자국
젖는다

가을이 간다

입동

바닥에 드러누웠던
늙은 가랑잎 하나
갈바람 지팡이 짚고
저만치 걸어간다

가으내 야근하던
귀뚜라미들 데리고
발걸음 소리도 없이
가을이 떠나고 있다

동짓날

성글게 붙어 있던
노을빛 살점
누가 뜯어먹었을까
장독대 옆 감나무
뼈만 앙상하다

호랑이 장가가는 날
밤새 문풍지 할퀴며
으르렁거리던 바람은
이빨 자국 하나 남기지 않았다

눈 오는 밤

섬돌에
머리를 찧어도
비명을 참는 눈송이들

외딴집 겨울밤
고요하고 포근하다

크리스마스 선물

아랫마을에서
울려 퍼지는
성탄절 종소리
숨 가쁘게 올라와 닿는
산동네 37번지

양말 주머니
걸어놓지 않아도
눈구름 매듭 풀어
토실토실 함박눈
골목 가득 채워주는 밤

4

부

깜장 고무신

부시시 눈 비비며 일어나
토방 댓돌 위
아버지 고무신 데리고 변소깐 가는데

어! 이 녀석 봐라
어리다고 깔보는걸까
버둥거리며 자꾸 벗겨진다

별로 코끝에
찍
오줌 지려 주었다

장날

노름방에서 아버지
언제 오실까나
백점 시험지 팔락팔락
우리 형아 달음질맹키로
산내끼 야물딱 묶은 괴기 흔들며
사립짝 밀고 오실까나
이제나저제나
배 속 허천배기 꼬륵꼬륵

감나무 가지에서
성마르게 떨어지는 겨울해보다
내가 먼저 꼴깍하겠다

순창시장 참기름 집

시골이라고 국싼이 어디
쎄고 넘친당가
참으로 개꽝스럽네
여기도 이제는 말여
곡식이나 사람도
국싼은 씨가 말랐당께
중국산이면 어쩌고
거시기면 어쩌간디
북한산도 통일되면 국싼잉 겨
쩌기 새댁들 보랑께
여기 산꼴짝은 사람도 절반은
물 건너온 외제랑께

땅에서 낫쓰면 다 똑가튼 겨

동창회

예나 지금이나
덧니가 예쁜 숙이를 보다가
아픈 아이 키우는 영미 사랑니가 밟힌다
사는 게 녹록지 않다는 외기러기
영삼이 풍치 든 어금니가 아리고
엄마를 일찍 잃은 막둥이 만수 앞에서
'어머니' 그 세 음절은
잇새로 새어 나갈까 조심스럽다
그래
살아가는 형편 다 다를지라도
우리들 옛이야기가
스물네 시간 뼈다귀 감자탕으로
우러나고 있는

자글자글
독산동 윤호네 해장국집

비 오는 날 아침

빗방울 닿는 곳
건반이라도 있는 걸까
마당에
양철 지붕에
감나무 잎사귀에
툭
톡톡
후두둑
빗방울마다 음계가 다른
건반을 튕기는데
쨍그렁
셋방 문간방에서 들려오는
불협화음

날품 파는 김 씨네
한바탕 하나 보다

그려 빠스야

서울 촌놈
버스 타고 토끼재 가는 길
정거장이 아니어도
손만 흔들면 태워주고 내려주고
왈캉달캉 달리더니

읍내 정거장에서 시동을 끈 기사가
밥을 먹고 오겠다며 홀연히 내렸다
속절없이 버스에 갇혀 애통 터지는데

그려 빠스야
니도 사람 태우고
하루 죙일 뛰댕기느라 용썼응게
어쩟끄냐
요럴 때라도 숨 좀 돌리고 쉬그랴

뒷자리 할머니 말귀 알아들었을까
새참 자시는 주인을 기다리며

네 발 달린 순한 짐승

꾸벅꾸벅 쪽잠을 잔다

감꽃

떠돌이 검둥 수캐가
개집에 묶여 있는
우리 집 누렁이 곁을 맴돈다
아직 어린 새끼들 눈치가 보였을까
곁을 내주지 못하는 누렁이
애달픈 검둥개와 눈맞춤 애틋하다

후두두 감꽃 떨어지던 밤
누렁이 목줄 물어뜯으려
낑낑 용쓰는 검둥개
기언시 질긴 목줄 끊고
여봐란듯 누렁이 데리고 사라졌다

그림자

푸성귀 팔던 할머니가
이제 그만 집에 가자고
발치 아래 웅크린
그림자를 일으켜 세운다

파장하고 돌아가는
언덕길 손수레
검게 탄 꼬맹이가
뒤에서 밀고 있다

흥정

흥정이 붙었다

홍시 세 개에
이천 원 달라는 노점 할머니

이천 원에
홍시 두 개만 달라는 아줌마

서로 팽팽하다

추석 보름달을 보며

어딘가에
달을 만들어 파는 곳이 있다면
오늘 같은 날 대목이겠다

간절한 사람들에게
덤으로 달빛 한 점
뚝뚝 떼어 주는 선심도 쓰면
오곡백과 안 먹어도 배가 부르겠다

나는 오늘 밤
그곳에서 철야를 해도 좋으리

공세리 성당

작은 시골 마을에
첨탑이 높지 않아도
높아 보이며
언덕에 서 있어도
낮은 곳을 향하며
부산스럽지 않아도
성령이 넘칠 것만 같고
믿음이 없더라도
마음에 얼룩이 지면
헹구러 가고 싶어지는

오래되어 낡았어도
엄숙함보다는
고요가 찰랑대는
저 높은 곳

이한주 시인

사무실 한 켠에 늘어놓은
핸드폰 충전기마다
다른 사람 손 탈까
네 것 내 것
꾹꾹 써 붙인 이름표들 사이
손을 내밀어주는 충전기 하나
거기
시 한 줄 꽂혀 있었네
'이 한 주 씨'

경청

하루 점드락
매미가 성가시게 운다
그래 애타는 저 울음
귀 기울여 들어나 보자

들어준다고
저 울보 달랠 수 있을까 싶은데
마음먹고 듣자마자
뚝
그쳤다

야구공

빨간 실밥 자국
흉터가 내는 회전력으로
뱀직구가 살아 꿈틀거린다

가슴팍 때리는 팡팡한 저 울림
백여덟 바늘 꿰맨 몸뚱이가
상처를 이빨 삼아
포수 장갑 물어뜯는다

살아 내느라
여기저기 긁힌 내 상처도
시가 되어 여기까지 닿았다

5
부

옛이야기 1
―장모님

긍께 앞집 아가 뒷집 아를 죽창으로 찔르고 산돼지
처럼 산죽 바태 숨어 있다가 토벌대로 나선 옆집 아 총
창에 주거꼬 그 아는 또 아랫집 아에게…… 태를 무든
고향 땅 버서날 수 업승게 포한이 이써도 어쩐당가 다
지나간 일인디 내남없이 새끼 일코 가심 한귀석 똬리
튼 옹이 하나썩 달고 사는 처지라꼬 척진 것 이저삐리
고 되려 끈끈한 정으로 품아써 층하 두지 안코 이땍것
살아왔다네

옛이야기 2

—아버지

여긔는 한날한시에 제사상 장만허니라고 집집마다
굴뚝 연기가 피어오른단다 오늘이 그날인디 쩌어기 백
련산 동굴 거긔서 입산자 가족들이 어린 꼬맹이들을
품에 안꼬 모다 생매장 되었단다 열을 셀 동안 나오질
안차 굴 안으로 생솔 가지를 핑겨 너었따드라 그날 밤
산사람들헌티 끌려나간 늬 할머니는 반동으로 내몰려
당산나무에서 돌에 마자 돌아가셨지 거시기 다 지나
간 이야기 아니긋냐

옛이야기 3
―교련 선생님

　허구헌 날 뺏고 뺏느라고 증말 골짝마다 핏물이 질 퍽거리질 안 컷냐 한번은 밤을 새다시피 혀 가믄서 고지를 빼섯는디 주거 자빠진 전우들 봉께로 눈에 핏발이 서가꼬 낭중에는 뵈는 게 업더라 늬들맹키로 열여나믄 살이나 머근 포로 하나를 신병들 담녁 키운다고 총창 꼬나쥐고 불러냉께 눈깔이 똥글똥글 해가꼬 발발 떨고 섰드랑께 근디 내가 시범을 보이다 미끄러지믄서 총창이 갸 허벅지를 뚤꼬 피가 솟구치는디 참말로 기맥킨 게 설마즌 녀석이 비명 한 번 안 질름서 차렷 자세로 벌떡 일어서더랑께 그담은 어떠케 된냐고? 머시냐……

옛이야기 5
― 고모부

긍께 머시냐 여순 때 이야긴디 울 아버지는 경찰서
서장으로 기시다 발란군한테 쥑임을 당하셨지 머냐 근
디 우리 외삼춘은 발란군이었승께 서로 총뿌리를 겨
눈 꼴이니 을매나 기가 맥키냐 그러다 토벌군들이 순
천 시내로 들어옴써 좌익들 색출헌다고 허는디 발란
군 치하에서는 경찰 가족이라고 씨달려썼는디 인자는
좌익 가족이라고 이웃이 꼬질렀능가 어쨌능가 결국 내
가 다니던 궁민핵교 교실로 우리 엄니가 끌려가는디
참말로 엥간히들 혀야지 교실 창문을 봉께 거기서 토
벌군 대장이든가 머든가 허는 사람이 깟난애기를 등
에 어븐 아줌씨 머리에 권총을 겨누는디 참나 애기는
멋도 모르고 생글거리고 애 엄마는 오줌 지리고 천운
이라 해야 쓰것지 경찰서장 아버지 끗발 때문인지 어
찐지 모리지만 포도시 우리 엄니가 풀려낫승게 근디
그때 오줌 지리던 애 엄마는 어치께 되엇슬랑가 참말
로 애통 터지고 환장할 일 아니것능가

옛이야기
—솔아 솔찬이에게

중학교 때 이야기다 시청각 교육이라고 학교에서 한 달에 한 번 단체로 영화 관람을 했었단다 관람비 500원 낼 돈이 없어서 아빠는 항상 빠져야만 했었지 그러다 한 번은 사회 과목 갈치던 담임이 교탁으로 불러 세우더니 온화한 얼굴로 묻더라

—진엽이는 왜? 항상 시청각 교육에 빠지는 거지?

그래서 내가 이렇게 답했던가

—집에 돈이 없어서요

순간 얼굴에 불꽃이 튀며 별들이 바닥으로 땡그랑 떨어지더라 귀싸대기 갈긴 선생님 씩씩대며 일갈한 그 목소리가 지금도 생생하구나

—빨갱이 새끼!

—단체 활동에서 요리조리 빠지는 너가튼 새깽이는 빨갱이랑 똑가튼 겨 새꺄

아빠가 옛이야기를 시로 쓰고 있는 걸 그 선생님이 알면 또 이렇게 말할지 모르겠구나

—거봐! 넌 빨갱이 새끼가 맞다니까

발

문

———————

'엄마가 있는 집' 같은 사회 재구성을 위해

오철수(시인)

시집 발문은 시인을 잘 아는 분이 써야 제맛인데 저는 그렇지 못합니다. 아주 오래전 노동문학이라는 문간에서 옷깃 스친 인연으로 청을 받았습니다. 그러니 시 작품에만 집중할 수밖에 없는 처지입니다.

시집의 구조는 대강, 1부는 아버지 소재의 시, 2부는 아내 관련 소재의 시, 3·4부는 자연물 소재의 시, 5부는 이야기 산문시로 나뉩니다. 그리고 전체 흐름은 아버지에 대한 부채 의식으로 자리한 '구부러진 못'과 엄마의 부재가 만들어낸 '엄마가 있는 집'에 대한 바람, 그리고 이 둘이 합쳐져 자연물과 풍경과 사회로 확장되는 식으로 나아갑니다.

먼저 아버지 소재의 1부를 보겠습니다. 곤궁한 삶에서

아이들 공부시키려고 최선을 다한 우리 부모님을 생각하면 정말 할 말이 없습니다. 그 형편에 공부시키려는 마음을 가진 것이 이미 기적이고, 더 이상 다른 마음 일으키지 않고 당신 뼈와 살을 갈아 넣은 것 또한 기적입니다. 또 그에 뿌리내려 어엿한 삶을 가꾼 자식들도 기적입니다. 그러기 위해 한 세대가 희생했습니다. 그러니 부모님에 대한 부채 의식이 왜 없겠습니까. 다음 시를 읽겠습니다.

벽돌공장 일용직 아버지
공치는 날 없이
하루도 빠지지 않고
네모반듯하게
일당 만 원을 찍어내야
한 달에 30만 원

서울에서 대학 다니는
형 앞으로 달마다
40만 원씩 부치고도
우리는 살아남았다

팔순 아버지가 암이다

—「기적」전문

아버지가 만근을 해야 월급 30만 원인데 "형 앞으로 달마다/ 40만 원씩 부치고도/ 우리는 살아남았"습니다. 합리적으로는 설명되지 않는 기적입니다. 그렇다면 그 기적은 나머지 식구가 나누어 짊어진 것입니다. 물론 시인은 그에 대해 따로 말하지 않습니다. 하지만 그 '기적'이라는 시어에는 가족의 삶이 갈려 들어갔음이 '말 없는 말'로 생생하게 담겨 있습니다. 어쩌면 이것이 서정을 압축하고 단순화하는 시인의 힘일 것입니다. 그런데 그렇게 일구고 이루어온 아버지, "팔순 아버지가 암"입니다. 그래서 묘한 의미의 결이 만들어집니다. 왜냐하면 그 삶의 한가운데였던 아버지가 그럼에도 팔순까지 살아계신다는 것이야말로 기적 중에 기적이라는 의미도 있지만 기적의 대가가 암이라는 의미도 있기 때문입니다. 그래서 이 시를 읽으면 일제 식민지 지배와 한국전쟁으로 모조리 파괴된 이 땅에서 산업화의 부를 일군 세대의 기적과 아픔이 공업(共業)처럼 느껴지고 겹쳐집니다. 부모님 세대가 자식들을 위해 버텨주신 것입니다. 그리고 거기에 뿌리내려 삶을 이루었습니다.

묶여 있는 줄 안에
밥그릇이 있고
꼬물꼬물 젖을 찾는

새끼들이 있기 때문일까

바투 매어놓은 줄 풀어줘도

벗어날 생각 없는 고향집 누렁이

아들 딸 손자들 다 자랐어도

여든을 넘긴 아버지

밭두렁에 매여 있다

　　　　　　　　　　　　　　　　—「목줄」 전문

　　이런 아버지의 삶에 내 뿌리가 있습니다. 그렇기에 그런 아버지의 길은 좋다 나쁘다의 대상이 아닙니다. 다만 지금의 나에 의해 그 삶의 의미가 변할 수가 있는 자식이라는 "밭두렁에 매여" 있는 것입니다. 그래서 시인은 그의미를 "구부러진 못"에 비유해 가치화합니다. "시골집 안방 벽에 옷걸이 대용으로 쾅! 박힌 못은 아버지와 참 많이 닮았습니다. 정수리 불똥 튈 때마다 훌쩍 튕겨나가고픈 맘 꾹꾹 박아 넣었을 아버지./ 평생 덜미를 붙잡힌 채 궂은 못질 쩡쩡 견뎌왔을 아버지./ 그 아버지가 이제는 허리를 못 쓰고 시골집 아랫목에 꾸부정 박혀 있습니다./ 녹슬고 구부러진 못,/ 그 한 몸에 온 식구가 무거운 겨울 외투처럼 매달려 살았음을"(「시인의 말」). 그 구부러진 못은 나의 마음에도 박혀 있고 내 삶으로 유전될 것입니다.

그 유전의 핵심은 식구를 지키는 아버지입니다. "이제 저도 그때 아버지 나이가 되어보니 적당히 타협하면서 비굴해질 때가 참 많습니다. 그저 정해진 주로를 벗어나지 않으려 안간힘을 쓰며 채찍에 순응하는 경주마처럼 살아갑니다. 식구들 볼모로 잡힌 핑계로 부당함을 보고도 힘껏 뒷발질 한번 못 하고 눈치껏" 살아가는 삶입니다. 하지만 이것은 인간 삶의 기초를 지키려는 노력입니다. 왜냐하면 삶의 "슬픔은/ 배고픔 이기지 못"함을(「상갓집에서」) 뼈저리게 느꼈기 때문입니다.

그런데 시인에겐 아버지와 함께한 곤궁보다 더 힘들었던 사연이 있습니다. 유년 시절 엄마의 부재입니다. 엄마 "품이 사무치는 날이면 밤마다 이불에 지도를 그렸다 꿈에서 엄마 찾아 삼만리를 헤매느라 혼곤"(「품」)했습니다. "홀로 된 아버지/ 다섯 살 철부지 데리고/ 공단 언저리에 둥지 틀었다// 봇짐 싼 엄마 쪽지처럼/ 팔랑거리는 잔업 지시서/ 혼자 있는 아이 생각에/ 꼬깃꼬깃 구겨졌을 아버지"(「1973년 팔복동」) 곁에서 계속 엄마의 부재가 불안으로 떠돌았을 것입니다. 엄마의 빈 자리는 익숙해지지 않고 비어 있는 채로 유전됩니다. 한데 이번 시집에서는 이 점에 대해선 일절 말이 없습니다. 다만 2부를 중심으로 그의 결혼 생활을 통해 엄마의 자리가 어떤 것일지 유추됩니다.

먼저 엄마를 소중히 하는 태도가 눈에 띕니다. 마음이
따뜻해지는 다음 시를 읽겠습니다.

> 시골에서 올라와 허리 수술 받은 장모님
> 한 달 넘도록 우리 집 안방에
> 꼼짝없이 누워계시는데
> 일을 마치고 집으로 돌아오는
> 아내 발걸음 반짝반짝 빛난다
> 학교 끝나자마자 엄마가 기다리는 집으로
> 논두렁 밭두렁 뜀박질 가로지르던
> 어린 날로 다시 돌아간
> 쉰세 살 아내
>
> 우리 엄마 지금 뭐하셔?
> 시공간 가로질러 오는 퇴근길 아내 문자
> 띵동띵동 경쾌하다
>
> ─「엄마가 있는 집」 전문

'장모님과 아내'의 관계를 보는 것입니다. 서정의 빛깔
로 보아 시인은 그것에서 최대의 풍경을 느끼고 자기 마
음의 치유까지 얻는 듯합니다. "일을 마치고 집으로 돌아
오는/ 아내 발걸음 반짝반짝 빛난다"는 것은 시인 마음이

빛나는 것이며, "학교 끝나자마자 엄마가 기다리는 집으로/ 논두렁 밭두렁 뜀박질 가로지르던/ 어린 날"은 시인에게는 비어 있는 삶이 재구성되는 듯한 서정의 울림을 줍니다. 그래서 개인사적으로 '엄마가 있는 집'이라는 말은 몸과 마음으로 느낄 수 있는 '완전함'의 가장 구체적인 표현인 듯합니다. 장모님과 아내의 관계를 보는 것만으로 엄마의 빈자리에 새살이 돋는 것입니다.

그럼 개인사에서는 부재했지만 그 완전함을 느끼게 했을 엄마(혹은 여성)의 품성으로 꼽는 것은 무엇일까요? 다음 시에서 얼핏 그 요소가 보입니다.

한바탕 싸움 끝에
우리는 각방만 쓰는 게 아니라
며칠째 말도 섞지 않았다

먼저 말 걸면 지는 양
서로가 성문처럼 굳게 빗장 걸고
쉽게 끝나지 않을 싸움인데

끼니때 되면 어쩌자고
저 사람은 찌개를 안치고
밥을 차려 내놓는가

결국 염치없이 밥을 먹고

고무장갑 끼고 설거지통 앞에 섰으니

아내는 손에 피 한 방울 안 묻히고

물 베는 칼로 나를 제압했다

—「싸움의 고수」 전문

오만 정이 떨어진다 싶게 부부싸움 중인데도 "끼니때 되면 어쩌자고/ 저 사람은 찌개를 안치고/ 밥을 차려 내놓는가"가 함축하는 '여성성(여자+엄마)'의 자리인 듯합니다. 이 자리는 단가(單價)적이지 않습니다. 흑백논리적이지 않습니다. 여자로서 남자에 대립하지만 그 둘을 담는 여성성이 작동합니다. 시인은 그런 자리의 품이 빠진 시절을 어떤 그리움으로 가지고 살았던 것입니다. 그 자리는 흑과 백의 분별과 대치 안에서 '염치(廉恥)'를 생각하게 하는 공능(功能)의 자리입니다. 그러니 그것이 묶고 있는 집("엄마가 있는 집")과 부재한 집은 엄청나게 다를 수밖에 없습니다. 그래서 "결국 염치없이 밥을 먹고/ 고무장갑 끼고 설거지통 앞에 섰으니/ 아내는 손에 피 한 방울 안 묻히고/ 물 베는 칼로 나를 제압했다"고 실토하면서, 비유하자면 '엄마가 있는 집'이라는 최대의 풍경으로 귀의하는 것입니다. 그런 여성성이 살아 있는 시공간에 자신을 정립하는 것입니다. 또 그래서 "고향 집 우물은 깊었다/ 깊어서 신비롭던/ 아득한 그곳에/ 두레박/ 텅!/ 공명을 울리며 닿았고/ 길어 올린 두레박/ 찰랑대던 환희// 내가 당신을 그렇게 만났다"(「아내에게」)는 그런 여성성의 품을 느낀 초발심(初發心)의 자리라고도 할 수 있습니다.

그래서 오진엽 시의 출발점은 그의 의지와 무관하게 몸과 마음에 깊게 새겨진 아버지에 대한 부채 의식으로 자리한 '구부러진 못'과 엄마의 부재가 만들어낸 '엄마가 있는 집'인 듯합니다. 그런데 이 둘은 워낙 떨어져서는 안 되는 것입니다. 합쳐야 생명 넘치고 편안함을 느낍니다. 아버지의 노동과 엄마의 보살핌이 함께하는 곳! 이것의 확대가 사회적으로 바라는 그의 지향점이나 원(願)이 될 것입니다. 시집으로 보면 1부와 2부가 합쳐지는 지향입니다. 물론 이 사회는 아버지의 의식으로 굴러갑니다. 그래서 시인이 '엄마가 있는 집'으로 삶과 사회를 재구성하고자 하는 바의 중요성은 더욱 커집니다.

그렇습니다. 이 세상도 흑과 백의 대립이 아닌 '염치'를 생각하게 하는 공능이 잘 작동할 때 '엄마가 있는 집' 같아집니다. 흑백논리가 아닌 "깊어서 신비롭던/ 아득한"(「아내에게」) 불이(不二)의 품이 작동하는 세상이 됩니다. 물론 현실적 필요에서 많은 경우 효용적 분별은 필요합니다. 예를 들어 밥그릇 빼앗는 정리해고 앞에서 흑백을

가리지 못하면 안 됩니다. 하지만 그 궁극은 불이의 원리여야 합니다.

저는 이번 시집에서 딱 한편만 꼽으라면 꼽고 싶은 다음 시에서 바로 '엄마 있는 집'이 확장된 시인만의 세상 읽기를 봅니다.

시골이라고 국싼이 어디

쎄고 넘친당가

참으로 개꽝스럽네

여기도 이제는 말여

곡식이나 사람도

국싼은 씨가 말랐당께

중국산이면 어쩌고

거시기면 어쩌간디

북한산도 통일되면 국싼잉 겨

쩌기 새댁들 보랑께

여기 산꼴짝은 사람도 절반은

물 건너온 외제랑께

땅에서 낫쓰면 다 똑가튼 겨

—「순창시장 참기름 집」

고소한 냄새가 넘실대는 순창시장 참기름 집 설법(說法) 내용은 모두가 인연으로 이어져 너나없이 이곳에 함께하는 평등한 존재이니, 차이와 분별은 있지만 차별은 없어야 한다는 말씀입니다. 이미 여러 국적의 사람들과 농산물이 "땅에서 낫쓰면 다 똑가튼 겨"의 사상으로 하나를 이룬 것입니다. 실제로 지역 소도시 생활권에 들어서면 심심치 않게 외국인을 볼 수 있습니다. 제가 5층짜리 조그만 아파트에 살 때인데 아래층은 우즈베키스탄과 러시아 노동자들이, 오른쪽 옆집은 연변 쪽 사람들이 숙소로 사용하고 있었습니다. 제집이 가장 조용한 외국인으로 살아가는 형국이었지요. "쩌기 새댁들 보랑께/ 여기 산꼴짝은 사람도 절반은/ 물 건너온 외제랑께"입니다. 그들이 인연의 삶을 함께하는 것입니다. 물론 차이가 있으니 구별이 가능하고 필요할 때는 해야 합니다. 하지만 그 구별은 '하나를 위한[원융(圓融)]' 삶의 지혜가 내는 임시적인 것일 뿐입니다. 궁극은 국산이든 북한산이든 중국산이든 원융하여 고소한 삶의 맛을 내는 참기름처럼 되는 것입니다. 이렇게 되는 것이 "그래/ 살아가는 형편 다 다를지라도"(「동창회」) '엄마 있는 집'처럼 사는 것입니다.

그럼 '엄마 있는 집'과 같이 삶과 사회를 재구성하기 위해 필요한 노력은 어떤 것일까요?

빼어난 세 편의 시가 그에 대한 생각 거리를 줍니다.

첫째가 삶의 속도를 늦추고 관계를 호흡하는 것입니다. 그게 발전의 속도든 감정의 속도든 차분한 호흡처럼만 되어도 안정과 편안함이 찾아듭니다. 안정과 편안함이 찾아오면 속도가 잡아먹은 관계의 풍경이 살아납니다. 관계의 풍경이 살아나면 삶에 의한 모습이 있는 그대로 보입니다. 인연으로 이어진 각 존재들의 모습과 역할이 보이고 관계적인 마음이 인간의 길을 만듭니다.

다음 시는 그와 같은 '오래된 미래'의 형상일 것입니다.

서울 촌놈

버스 타고 토끼재 가는 길

정거장이 아니어도

손만 흔들면 태워주고 내려주고

왈캉달캉 달리더니

읍내 정거장에서 시동을 끈 기사가

밥을 먹고 오겠다며 홀연히 내렸다

속절없이 버스에 갇혀 애통 터지는데

그려 빠스야

니도 사람 태우고

하루 죙일 뛰댕기느라 용썻응께

어쩟ㄲ냐

요럴 때라도 숨 좀 돌리고 쉬그랴

뒷자리 할머니 말귀 알아들었을까

새참 자시는 주인을 기다리며

네 발 달린 순한 짐승

꾸벅꾸벅 쪽잠을 잔다

—「그려 빠스야」 전문

    속도가 느려지자 서울 촌놈은 애통 터집니다. 하지만
그 느린 속도가 모든 인연 관계를 살려냅니다. "정거장이
아니어도/ 손만 흔들면 태워주고 내려주고/ 왈캉달캉"
달립니다. 그럴수록 버스는 교통수단이나 도구만이 아닙
니다. 관계의 평등한 주체입니다. 서울 촌놈 애통 터지는
속도가 되니 모두가 한식구가 됩니다. 그래서 뒷자리 할
머니가 "그려 빠스야/ 니도 사람 태우고/ 하루 죙일 뛰댕
기느라 용썼응게/ 어쩟ㄲ냐/ 요럴 때라도 숨 좀 돌리고
쉬그랴" 하니 "새참 자시는 주인을 기다리며/ 네 발 달린
순한 짐승/ 꾸벅꾸벅 쪽잠을" 잡니다. 속도가 사람의 호
흡 정도만 되어도 사람 세상에 필요한 관계들 모두가 살
아납니다. 속도로 하여 잃게 되는 것들을 '엄마가 있는 집'
의 품은 살려내고 안전하게 합니다. 『도덕경』12장에 "치

빙전렵영인심발광(馳騁畋獵令人心發狂)"이라는 말이 있습니다. 말을 타고 달리며 사냥질하는 것은 사람의 마음을 미치게 한다는 뜻입니다. 때론 그런 필요를 인정하더라도 우리 마음은 늘 삶의 관계를 살리는 속도에 머물러야 합니다.

둘째가 자기 필요를 엄격하게 계산하며 늘 관계적인 나눔의 셈법을 갖고 사는 가난한 마음입니다. 그런 마음의 행위는 관계적 필요와 나눔으로 조율하기에 나의 행위는 관계로 이어진 모두에게 유익합니다. 위의 시에서도 뒷좌석 할머니의 말씀은 애통 터지는 서울 촌놈에게도 이익이 되는 것입니다. 왜냐면 서울 촌놈이 바라는 대로였다면 이미 그곳은 없어졌을 것이기 때문입니다. 그래서 늘 관계적 나눔을 우선하는 가난한 마음이 되어야 합니다. 그럴 때 다음처럼 아름다운 광경을 흐뭇하게 볼수 있습니다.

홍정이 붙었다

홍시 세 개에
이천 원 달라는 노점 할머니

이천 원에

홍시 두 개만 달라는 아줌마

서로 팽팽하다

—「흥정」 전문

이 팽팽함이 생명적 관계를 관계답게 만듭니다. 왜냐면 나의 좋음과 당신의 좋음을 동시에 이루기 때문입니다. 자리이타(自利利他)입니다. 그러니 "서로 팽팽하다"가 싸움으로 가겠습니까 아니면 웃음으로 가겠습니까? 서로의 이득은 관계를 더 든든히 하고 넘쳐 문화가 되게 합니다. '엄마 있는 집'은 이런 사상이 살고 있는 집입니다. 시인은 이 사상이 사회적으로 확장되길 바랍니다.

셋째가 지금의 삶을 나누는 행위입니다. 미래를 나누는 것도, 사상을 나누는 것도 아니고 구체적인 지금의 일을 나누는 것입니다. 저는 다음 시를 읽으며 든든한 관계의 세상을 만들기 위해서 무엇보다 중요한 것은 노동 혹은 몸 나눔일 수도 있겠다 생각했습니다.

긍께 앞집 아가 뒷집 아를 죽창으로 찔르고 산돼지처럼 산 죽 바태 숨어 있다가 토벌대로 나선 옆집 아 총창에 주거꼬 그 아는 또 아랫집 아에게…… 태를 무든 고향 땅 버서날 수 업승게 포한이 이써도 어쩐당가 다 지나간 일인디 내남없이

110

새끼 일코 가심 한귀석 똬리 튼 옹이 하나썩 달고 사는 처지

라꼬 척진 것 이저뻐리고 되려 끈끈한 정으로 품아써 층하 두

지 안코 이땟것 살아왔다네

—「옛이야기 1 — 장모님」 전문

생각이 일으킨 우리 역사의 비극적인 사건조차 "끈끈
한 정"으로 바꿔낸 것은 지금의 구체적인 삶을 "층하 두
지 안코" 나누는 "품아씨"였다고 합니다. 지금의 구체적
인 삶을 나누는 행위에서 새로운 관계의 끈이 나온 것입
니다. 각자의 몸에서 나온 끈이 무리지어(함께) 살아가는
공동체를 새로운 가치로 구성하는 것입니다. 그럴 때 "가
심 한귀석 똬리 튼 옹이"도 서로를 이해할 수 있는 공생
의 기능으로 바뀝니다. 저는 이 시를 읽으며 이진경 님이
세포에 대해 한 말이 가슴에 콱 박혔습니다.

"공동체란 구성요소들의 공생체다. 즉 뜻하지 않은 '소
화불량'으로 시작된 것이긴 하지만, 미생물의 공생은 이
런 공동체들이 어떤 원리에 따라 구성되고 유지되는지를
보여준다. 잡아먹으려는 행위에 의해 시작되었지만, 그
게 실패한 이후 홍색세균은 자신을 잡아먹으려던 놈에게
에너지를 생산해주고 그로부터 영양소를 얻는다. 그런 공
생적 '교환'을 반복하다가 합쳐져서, 한 세포 안의 미토콘
드리아라는 소기관이 된다. 잡아먹은 놈은 반대로 영양

111

소를 주면서 에너지를 얻는다. 어느 쪽이든 서로를 위해 무언가 이득을 제공해준다는 점에서 이타적이지만, 자신의 생존을 위한 것이라는 점에서 이기적이다. '자리이타', 심지어 서로 먹고 먹히는 적대관계 속에서 만난 것들조차 하나의 공생체로 만들어주며, 서로 기대어 사는 공동체로 묶어주는 것이다. 어떤 인연에 의해 만났든, 그것의 존재를 나를 위한 것으로 만들고, 나의 존재 또한 그를 위한 것으로 만드는 것, 그것이 공동체인 중생이 살아가는 원리다."(이진경, 『불교를 철학하다』, 121쪽~122쪽)

이런 원리를 현실화시키는 것이 바로 지금의 구체적인 삶을 "층하 두지 안코" 나누는 "품아씨"입니다.

끝으로, 시집 원고를 읽으며 인상적이었던 것은 서정의 펼침이 단순하다는 점이었습니다. 이 특징은 몇 편의 산문시를 빼곤 시집 전체를 관통합니다. 단순화란 의미를 압축하는 힘의 결과입니다. 하지만 이미지에 의존하는 압축은 소품에 그칠 위험도 큽니다. 그런 위험 속에서 의미 있는 시를 생산해 준 시인께 고마움을 표하며 글을 마칠까 합니다. 앞으로 '구부러진 못'과 '엄마가 있는 집'이 잘 어우러진 삶과 사회의 재구성을 위한 시들이 마구 쏟아져 나오길 기대합니다.

시집 발간을 축하합니다.

삶
창
시
선